Auf der Suche nach Weisheit…
Ein Österreicher erzählt

Auf der Suche nach Weisheit...

Ein Österreicher erzählt

„Von 1960 bis heute"

„einige kleine Geschichten aus seinem Jungen Leben und einige Lustige Erlebnisse. „

Adolf Ebner

Erstauflage 2021

Auf der Suche nach Weisheit…
Ein Österreicher erzählt

Anmerkung:

Manche der verwendeten Fotos zur Dokumentation, entstammen dem Internet oder anderen nicht mehr verfolgbaren Quellen. Sie dienen lediglich der Veranschaulichung und dem Beweis der damaligen Begebenheiten.

Leider sind sehr viele Bilder die ich in insgesamt 3 großen Fotoalben gesammelt hatte auf der MV Gaviota verlorengegangen.

Es kann vorkommen, das dann und wann durch Zeilenverschiebungen oder das Entfernen der vielen Bilder, unnötige Trennungsstriche übersehen wurde. Außerdem ist das Lesen am Bildschirm und somit auch eine Korrektur weitaus schwieriger vorzunehmen, als wenn man später die gedruckte Seite vor sich liegen hat. Bitte wenden Sie sich bei Fragen oder zur freundlichen Klärung gegebenenfalls an den Autor!

Meine Bitte also:
Gegebenenfalls gefundene Fehler melden! Buch, Geschichte, Seite, Zeile!

Danke

Auf der Suche nach Weisheit…
Ein Österreicher erzählt

1.Auflage
Originalausgabe 02 /2021

Copyright © 2021 Adolf Ebner
Umschlagsgestaltung und Layout: Adolf Ebner
Illustrationen: Adolf Ebner
Fotos:
jw.org, Seiten: 5, 30, 45
Werftfoto 1980. Seiten: 17, 67.
Offizielle Fotos vom Jeweiligen Arbeitgeber,
Seiten 20 bis 24:
Bing Suche Comic. Seiten: 25,28,29,31,32,34-
41,48,51-53,65,66,72-74,79,81,83,84,91-
93,95,97,105,117,121,122,126-129,133,139,141
Privat, Seiten 2,26,27,42,47,54-59,67,69-
71,75,76,82,85,94,109,110,123,124,130,140,142,143.
ISBN: 9783753408187
**Herstellung und Verlag: BoD- Books on
Demand, Norderstedt**

Auf der Suche nach Weisheit…
Ein Österreicher erzählt

…*Glücklich ist der Mensch, der Weisheit gefunden hat, und der Mensch, der Unterscheidungsvermögen erlangt, ¹⁴ denn sie als Gewinn zu haben ist besser, als Gewinn an Silber zu haben, und sie als Ertrag zu haben [besser] als selbst Gold. ¹⁵ Sie ist kostbarer als Korallen, und alle anderen Dinge, an denen du Lust hast, können ihr nicht gleichkommen. ¹⁶ Länge der Tage ist in ihrer Rechten; in ihrer Linken sind Reichtum und Herrlichkeit. ¹⁷ Ihre Wege sind Wege der Lieblichkeit, und all ihre Pfade sind Frieden. ¹⁸ Sie ist ein Baum des Lebens für die, die sie ergreifen, und die sie festhalten, sind glücklich zu nennen.*
¹⁹Jehova selbst hat in Weisheit die Erde gegründet.…

(Sprüche 3:13-19)

Diese Worte hörte ich erst Anfang 1986 das erste Mal in einer Zusammenkunft der Zeugen Jehovas.
Wie es dazu kam möchte ich von Anfang an erzählen.

Auf der Suche nach Weisheit...
Ein Österreicher erzählt

„Von 1960 bis heute"

Am Oster Sonntag 1960 wurde die Stille im Schlafzimmer meiner Eltern „Raimund und Ida Ebner" durch ein lautes Schreien eines Neugeborenen Kindes jäh unterbrochen.

Dieser Schreihals bekam den Namen   „Adolf"

Wie es sich herausstellte war ich das
am 17.04.1960 Oster Sonntag

„Adolf Ebner" als sechstes Kind von

„Raimund & Ida Ebner"

„geboren um zu Leben und auf der Suche nach Weisheit und Unterscheidungsvermögen"

Auf der Suche nach Weisheit...
Ein Österreicher erzählt

Von dieser Zeit weiß ich eigentlich nur, dass was mir erzählt wurde. Meine Erinnerung fängt so ab dem dritten Lebensalter an.

Wir wohnten in einer sogenannten Baracke (Jäger - Barack) in der Knittelfelder

„Neustadt"

Den Umzug in die Josef-Kohl-Gasse bekam ich nicht mit, Wir konnten vor der Wohnung spielen da es sehr wenig Autos gab und nur die Anwohner fahren durften.

Das war unser Garten mit Sicht ins Wohnzimmer, wir hatten alles angepflanzt „Bohnen, Kartoffel, Salate Gurken, Tomaten uvm.

Knittelfeld „Josef-Kohl-Gasse 69"

Auf der Suche nach Weisheit…
Ein Österreicher erzählt

Romana Gögelburger
Johann Pfeifer

**Mama
Ida**

Onkel Andreas
(Anal)
Tante Luisi

**Papa
Raimund**

Das waren noch Zeiten:

Auf der Suche nach Weisheit...
Ein Österreicher erzählt

Opa Jakob Tragut, Oma Ebner, Onkel Hiasal, Onkel Anal, Mama Ida, Vater Raimund, Sabine, Tante Sofie, Tante Leni, Onkel Adolf, Onkel Zenz.

Auf der Suche nach Weisheit…
Ein Österreicher erzählt

Sabine beim Baden

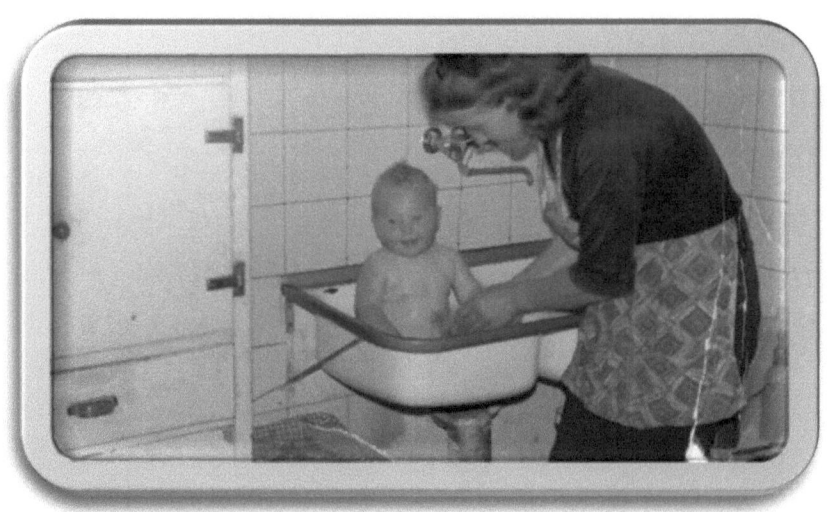

1963/1964

Auf der Suche nach Weisheit…
Ein Österreicher erzählt

Sabines erste geh versuche mit Wolfgang, Richard, Raimund, und Josef, in der Neustadt Josef-Kohl-Gasse-69

Unsere Wohnung in der Neustadt Josef-Kohl-Gasse-69

Auf der Suche nach Weisheit…
Ein Österreicher erzählt

In der Neustadt die ganze Familie mit Opa Jakob, Mama, Papa, und Onkel Anal der die ganzen Bilder gemacht hat.

1965/ 1966

Auf der Suche nach Weisheit...
Ein Österreicher erzählt

Jetzt sind wir alle Kinder komplett, das war in der Parkstraße wo Mama immer noch Wohnt.

Erika, Josef, Raimund, Richard, Wolfgang, Adolf, Sabine und Franz.

Auf der Suche nach Weisheit...
Ein Österreicher erzählt

Das war als ich im Urlaub war, nach einigen Tagen fuhr ich wieder zurück nach Deutschland und machte dann eine große Reise auf einem Containerschiff.

Da war der Kleine Uwe seine Schwester in der Mitte die Ulrike und bei Oma ist die Kleine Christine die leider mit 3 Jahren Starb.

Auf der Suche nach Weisheit...
Ein Österreicher erzählt

MS Tauria Werftfoto 1980

IMO 7920429

mein Schiff

Auf der Suche nach Weisheit…

Ein Österreicher erzählt

Lebenslauf

Zur Person

Name	Adolf Ebner
Geburtsdatum	17.04.1960 in Knittelfeld
Familienstand	Verheiratet, ein Kind
Staatsangehörigkeit	Österreicher
Anschrift	56112 Lahnstein Ketteringstr. 2

Schulbildung

09.1966 – 07.1975	Volks - Hauptschule in Knittelfeld

Auf der Suche nach Weisheit…
Ein Österreicher erzählt

Ausbildung / Fortbildung

07.2009 – 10.2009	EDV-Aufbaukurs MS/Word, MS/Excel, PowerPoint
08.2008 – 05.2009	Qualifizierung zur Qualitätsfachkraft „BFW Koblenz"
03.2002 – 10.2002	Qualifizierung als IT-Systemelektroniker, „BFW Köln"
10.1998 – 05.2000	Qualifizierung zum Qualitätsfachhelfer- Fachrichtung Längenprüftechnik mit Erfolg absolviert „BFW Eckert Regenstauf"
09.1992 – 05.1993	Fortbildung im Außendienst an der Außendienst - Akademie Koblenz mit Erfolg absolviert

Auf der Suche nach Weisheit...
Ein Österreicher erzählt

09.1984 – 12.1984	Ausbildung Restaurantfachmann (IHK Villingen) Erfolgreich abgeschlossen.

Berufstätigkeit

12.2011	Erwerbsminterungsrente ab 2012 Dauerberentet
04.2004 – 06.2004	Auslieferungsfahrer Bäckerei Schreiber Koblenz
06.1993 – 02.1997	Feuerlöschtechniker Fa. Werner / Vallendar
06.1991 – 12.1991	Verkaufsfahrer im Blumen-Großhandel Fa. Hoppmeier / Koblenz
07.1990 – 05.1991	Sicherheitsberater Fa. Werner Permanent / Vallendar
01.1985 – 12.1985	Oberkellner Hotel Diegner Villingen

Auf der Suche nach Weisheit...
Ein Österreicher erzählt

03.1981 – 10.1982	Kellner Hotel Steigenberger Berlin
09.1977 – 02.1984	Seemann Überseeschifffahrt
04.1979 – 01.1980	Kellner Hotel zur Post in Cuxhaven
07.1975 – 01.1977	Kellner Hotel Paßhöhe Hohentauern / Österreich
Modalität	Führerschein BE, C1E, ML EDV-Kenntnisse

Auf der Suche nach Weisheit...
Ein Österreicher erzählt

Ein kleiner einblick wo ich an Land gearbeitet hatte!

Gasthof zur Post Cuxhaven 1979/1980

Auf der Suche nach Weisheit...
Ein Österreicher erzählt

Hotel Steigenberger Berlin 1981-1982

Auf der Suche nach Weisheit…
Ein Österreicher erzählt

Hotel Diegner Villingen

1985

Auf der Suche nach Weisheit...
Ein Österreicher erzählt

Die Lage mitten in **Deutschlands höchstgelegenem Rosengarten** mit Blick auf die Villinger Altstadt ist nahezu perfekt.

Auf der Suche nach Weisheit…

Ein Österreicher erzählt

Danach kam ich nach Boppard am Rhein ins Hotel Bellevue 1986

und Hotel Ebertor der Familie Fußhöller 1986

Auf der Suche nach Weisheit...
Ein Österreicher erzählt

Durch meinen Arbeitsunfall auf dem Schiff musste ich eine Umschulung bzw. konnte ich meinen Abschluss als Restaurantfachmann bei der IHK Heuberge Villingen-Schwenningen mit Erfolg abschließen.

Im Jahre 1986 kam ich das erste Mal durch meinen Bruder Raimund mit der Wahrheit in Berührung. Ich Wohnte bei meinem Bruder Raimund in Winningen an der Mosel.

Wolfgang mein anderer Bruder wohnte noch in Buchholz wo wir vorher auch alle zusammenwohnten.

Auf der Suche nach Weisheit...
Ein Österreicher erzählt

Als ich beim Wolfgang war sagte er mir!

„Ich kann dich erst später nach Hause fahren, es ist jetzt schon zu spät ich bekomme um 15:00 Uhr Besuch von zwei Zeugen Jehovas, die mit mir die Bibel Studieren möchten."

Er schlug mir vor:

„du kannst mir helfen das Zimmer aufzuräumen oder einen Kuchen backen".

Ich entschied mich fürs „Kuchenbacken"

Als die Zwei Männer kamen, wurde ich von Thomas Selinger der aus dem Betel in Selters Taunus kam begrüßt, er sagte mir, ich könne gerne dabeibleiben.

Da ich sagte ich würde im Gastraum unten im Gasthaus warten.

Auf der Suche nach Weisheit...
Ein Österreicher erzählt

Wir fingen dann an, an Hand der Bibel und eines Buches das man auch die Blaue Bombe nannte, die Bibel gründlich zu studieren. Ich dachte mir da ich schon seit meiner Kindheit nach Gott gesucht hatte, dass ich schon viel über Gott wusste. Ich wurde eines Besseren belehrt....

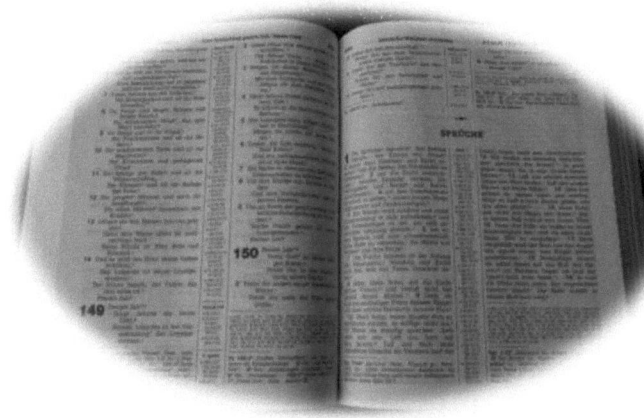

Mir wurden alle Fragen die ich stellte, mit der Bibel beantwortet.

Herr Thomas Seliniger und Herr Ludger Landgrebe fragten mich nach ca. 2-3 Stunden und wehrend wir Kuchen und Kaffee zu uns nahmen,

„wie hat ihnen das Studium an Hand der Bibel gefallen."

Ich Antwortete ihnen!

Auf der Suche nach Weisheit…
Ein Österreicher erzählt

„Das war mein erstes Studium,
aber nicht mein Letztes".

Dann fragte ich Herrn Landgräbe,
„kann ich mit Ihnen die Bibel Studieren?"

Und so fing ich an 2-mal die Woche

die Bibel zu Studieren.

Während meines Bibelstudiums lernte ich eine junge
*Frau (**Johanna**) beim Bau des Neuen Königreichssaal*
in Koblenz kennen.

Auf der Suche nach Weisheit...
Ein Österreicher erzählt

Bevor ich weiter erzähle muss ich kurz in der Zeit etwas zurückgehen, zur

Kongresshalle in Frankfurt am 25 Juli 1986.

Da es sehr heiß war an diesen Tag mussten wir sehr viel trinken, neben mir saß ein kleines Mädchen das dem Anschein nach sehr durstig war.

Auch ich hatte noch Durst, aber das Mädchen tat mir leid und so gab ich ihr mein letztes Getränk.

Das freudige lächeln war mir Dank genug und so fing ich mit Ihrer Mutter ein schönes Gespräch an.

Auf der Suche nach Weisheit...
Ein Österreicher erzählt

Am nächsten Tag hielt ich nach den zweien Ausschau, da ich beide gerne wiedersehen wollte. Damals waren es fast 8000 Anwesende in der Messehalle und ich fragte mich,

„ob ich die Beiden unter so vielen Menschen wiedersehen kann?"

Ich sah mich in dem Abschnitt um wo ich am Vortag saß, und auf einmal hörte ich eine mir vertraute Stimme rufen,

„Adolf hier ist noch ein Platz frei.
meine Freude war riesen groß als ich das Mädchen und ihre Mutter (Antje) sah".

Auf der Suche nach Weisheit...
Ein Österreicher erzählt

Wir verbrachten dann noch schöne Kongresstage und zu meiner Freude wurde ich nach Mainz eingeladen.

Es wurde ein schöner Tag, als ich am nächsten Samstag nach Mainz fuhr. Als es Zeit war mich zu verabschieden bemerkte ich, dass die kleine Krank aussah.

Da die anderen Frauen mir sagten **„sie will nur Aufmerksamkeit",** habe ich das Mädchen nicht die **Aufmerksamkeit** geschenkt.

Auf der Suche nach Weisheit...
Ein Österreicher erzählt

Als die Frauen schon gegangen waren und das
Mädchen herzzerreißend anfing zu weinen sah ich mir
die Kleine im Beisein der Mutter etwas genauer an.
Ich habe gesagt, dass es sich höchst wahrscheinlich um
eine Blinddarmentzündung hanteln kann. Wir
mussten sie schnell in die Uniklinik Mainz bringen,

wo sie
noch am
gleichen
Tag am
Blinddarm
Operiert
wurde.

Auf der Suche nach Weisheit…
Ein Österreicher erzählt

Mittlerweile war es schon 00:15 Uhr deshalb sagte Antje sie lässt mich nicht nach Hause fahren, da ich ca. 100 km bis nach Koblenz hätte fahren müssen.

Wir einigten uns, dass ich in Ihrer Wohnung übernachte, da sie ja in der Klinik bei Ihrer Tochter blieb. Nächsten Tag machte ich mich dann auf und fuhr mit frischen Kaffee und belegte Brötchen in die Klinik.

Es ging ihr schon wieder besser wir hatten dann noch einen schönen Tag erlebt auch wenn es im Krankenhaus war. Gegen Abend fuhr ich dann nach Koblenz zurück, mit der Telefon Nummer von Antje.

Auf der Suche nach Weisheit...
Ein Österreicher erzählt

Wir Telefonierten jeden Tag, bis ich im Gespräch etwas heraushörte was ich mir nicht erklären konnte. Deshalb holte ich mir einen Rat von Ludger Landgrebe. Antje und ich einigten uns, dass wir für eine Weile alles auf Eis legen bis sie sich entscheiden kann, ob wir es miteinander versuchen sollen, da ich ja noch nicht getauft war.

Ich machte Ihr einen Vorschlag!

„wenn du dich für mich entscheidest, dann schreibe mir einen Brief. Solltest du dich dagegen entscheidest, dann schick mir meine Zahnbürste, die ich bei dir vergessen habe zurück".

Auf der Suche nach Weisheit…
Ein Österreicher erzählt

In der zwischen Zeit, wie anfangs erwähnt, lernte ich Johanna kennen. Wir hatten uns beim Bau des Königreichssaales jedes Wochenende gesehen und uns unterhalten. Da Antje bei einer Grillfeier die wir in Koblenz machten von mir eingeladen wurde, hatte Johanna mich gefragt wer das bei dem Fest gewesen ist.

Ich erzählte ihr das Abkommen mit der Zahnbürste.

In der Versammlung kam Schwester Ziems auf mich zu und fragte mich ob ich ein Auto habe. Ich sagte ich muss erst meinen Bruder Fragen ob er mir sein Auto leid.

Auf der Suche nach Weisheit…
Ein Österreicher erzählt

An einem Samstag war es dann soweit.

Ich holte Johanna und Oma Emmi wie sie liebevoll genannt wurde ab und wir fuhren nach Bendorf am Rhein zum Friedhof und suchten das Grab von Anton Böhm, wie es sich herausstellte war es der Verlobte von Johanna, der bei einem Auto Unfall starb.

Wir fuhren anschließend gemeinsam in ein Café.

Johanna erzählte viel von Anton und ich wiederum von Antje, beiden ist aufgefallen das wir nur von anderen Sprachen.

Auch Oma Emmi ist es aufgefallen und lenkte das Gespräch auf uns und fragte mich wie ich die Wahrheit kennengelernt hatte.

Jetzt war das Eis geschmolzen und wir hatten eine schöne Zeit.

Auf der Suche nach Weisheit…
Ein Österreicher erzählt

Beim nachhause fahren musste ich tanken, ich wollte

Johanna Blumen kaufen, dachte mir aber

„wenn du jetzt Johanna Blumen

kaufst ist das auffällig"

also entschied ich mich auch

Oma Emmi welche zu kaufen.

Da schon einige Wochen ins Land gezogen waren, kam in mir das Gefühl auf, das Antje sich gegen mich entscheiden würde.

Inzwischen wurden meine Gefühle für Johanna immer stärker.

Johanna hatte mich zum Essen nach der Versammlung an einen Sonntag eingeladen.

Auf der Suche nach Weisheit…
Ein Österreicher erzählt

Als ich ankam sagte sie mir, dass die große Tochter Angela krank sei. Sie lag im Wohnzimmer auf dem Sofa, ich begrüßte sie und sah, dass die Wange schon sehr dick angeschwollen und schon ganz blau war. **Ich sagte wir müssen ganz schnell ins Krankenhaus.**

Wir sind dann vom Krankenhaus zum Zahnarzt und wieder in ein anderes Krankenhaus geschickt worden. Als wir dann endlich an der richtigen Adresse waren, kam der Chefarzt der Abteilung und sagte uns, dass Angela sofort Operiert werden muss.

In dieser Zeit verliebte ich mich noch mehr in Johanna, deshalb wünschte ich mir, dass Antje mir meine Zahnbürste zurückschieckt.

Auf der Suche nach Weisheit...
Ein Österreicher erzählt

Angela lag noch im Krankenhaus als ich Johanna sagte, dass ich eine kleine Ambulante Operation am Arm um 15:00 Uhr habe.

Sie sagte mir, dass sie erst Angela besuche, und dann möchte sie ins Brüderkrankenhaus kommen und mir beistehen.

Diesen Tag werde ich nie vergessen, denn an diesen Tag bekam ich Post von Antje mit meiner Zahnbürste darin. Einerseits war ich Traurig andererseits war ich aber froh das das Warten ein Ende hatte und ich mich jetzt für Johanna entscheiden konnte.

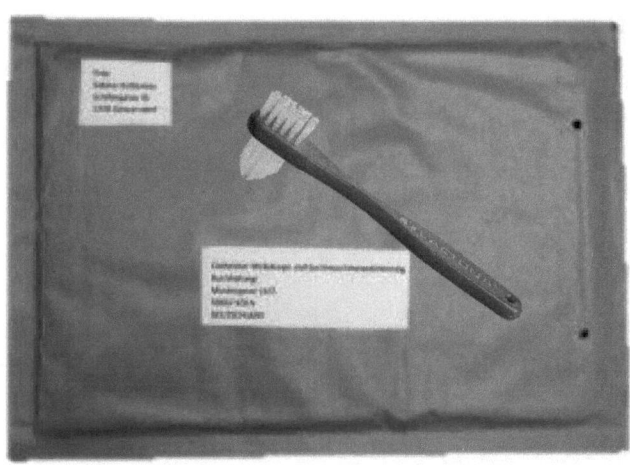

Auf der Suche nach Weisheit...
Ein Österreicher erzählt

Ich fragte mich

„wird sie sich auch für mich entscheiden"?

Nach ca. zwei Stunden hatte ich die Antwort.

Da ich früher da war kam ich gleich dran, die OP dauerte nur 15-20 Minuten. Als ich am Eingang auf Johanna wartete sah ich wie Johanna sich nach mir erkundigte.

Ich nahm Sie an die Hand und wir gingen um die Ecke zum Kaffee Automaten

zog zwei Becher Kaffee und Sagte zu Ihr,

Auf der Suche nach Weisheit…
Ein Österreicher erzählt

„Heute kam die Zahnbürste zurück, willst du mich heiraten".

*Sie sagte sofort „**ja**" und wir nahmen uns in die Arme gaben uns zum ersten Mal einen langen Kuss……*

Kurze Zeit später es war Samstag der 20.12.1986 ließ ich mich am Kreiskongress in Meckenheim Taufen.

*Als ich ins Wasser steigen wollte wurde ich von einem Bruder zurückgerufen, mein erster Gedanke war **„jetzt lässt der Bruder mich nicht zur Taufe zu"**, da ich wusste **das dieser Bruder zur Gesalbten Klasse mit Himmlischer Hoffnung gehört.***

Auf der Suche nach Weisheit...
Ein Österreicher erzählt

Erleichtert war ich als er nur sagte, deine Uhr hast du noch an, ich antwortete ihm das die Uhr Wasserdicht ist. Nun Stand meiner Taufe nichts mehr im Wege.

Jetzt fing mein neues Leben als getaufter Zeuge Jehovas an.

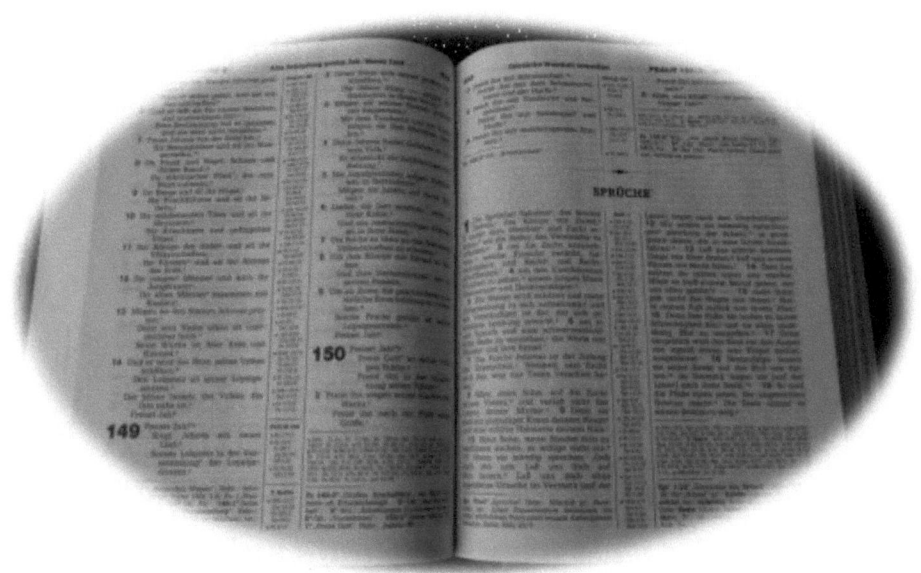

Auf der Suche nach Weisheit...
Ein Österreicher erzählt

Ein halbes Jahr später war es soweit, es begann am 03.04.1987. Morgens um 07:00 Uhr in Winningen an der Mosel wurde es etwas hektisch, es war der Tag an dem ich Johanna im Standesamt Koblenz um 10:00 Uhr das **„Ja"** Wort geben sollte.

Alle waren schon fertig nur Johanna saß noch beim Friseur, ich wurde schon unruhig da es schon 09:45 Uhr war. Endlich um 09:50 Uhr, konnte sie Ihr Hochzeitskleid Anziehen.

Man beachte: Zwei Stunden für die Haare, vier Minuten für das Kleid. Genau um 09:56 Uhr sind wir **(Johanna und ich)** losgefahren „die anderen waren alle schon in Koblenz".

Auf der Suche nach Weisheit...
Ein Österreicher erzählt

Wer die Strecke kennt, es waren ca.11km. Ich sagte

„Johanna halt bitte die Blumen hoch und ich hatte meine Hand an der Hupe und mindestens 2 hellrote Ampel überfahren" Genau um 10:00 Uhr fuhr ich in die Altstadt zum Rathaus, ich sah einen freien Parkplatz, der Motor war noch nicht aus da machte ich die Tür beim Beifahrer (**Johanna**) und gab mit meiner Hand noch einen Schupfer.

Ich stieg rasch aus nahm sie bei der Hand und fingen an zu laufen, es war jetzt genau 10:05Uhr. Als wir so liefen war eine alte Dame und lachte als sie uns so laufen sah.

Auf der Suche nach Weisheit...
Ein Österreicher erzählt

Sie sagte: „na will sie nicht" weil
ich Johanna hinter mir her zog sah
es aus als würde ich sie ziehen.
Gemeinsam antworteten wir
„Doch aber wir sind schon fünf Minuten zu spät"
Kurze darauf wurden wir endlich getraut....

Es war sehr schön **„Nun hatten wir von unserem
Höchsten Schöpfer Jehova am 04.04.1987 seinen
Segen bekommen".**

Auf der Suche nach Weisheit...
Ein Österreicher erzählt

Schön war es auch das sogar meine Eltern von Österreich gekommen sind, leider hatte Johanna keine Eltern mehr aber sie hatte noch Zwei Schwestern und einen Bruder mit Ihren Kinder dabei.

Wir können uns Freuen das wir den Weg Jehovas gegangen sind.

Johanna war schon 37 Jahre und ich 27 Jahre. Leider wurde ich Körperlich wie auch Geistig schwer krank. Die Jahre gingen ins Land, wir hatten zu kämpfen. Durch das Studium an Hand der Bibel musste ich erst Selbstbeherrschung und Demut üben, wenn es auch noch so schwerfiel.

Auf der Suche nach Weisheit...
Ein Österreicher erzählt

1989 wurde unsere gemeinsame Tochter Tamara geboren.

Alena, Chris, Tamara
und Sammy

Wenn ich heute sehe wie es unserer Tochter Tamara geht bin ich richtig stolz auf sie, dass sie den Weg Jehovas gegangen ist. Ob wohl es anfangs nicht danach aussah.

Mit der Zeit wurde ich Körperlich so krank das ich die Rente beantragen musste die ich am 30.12.2011 bekam. Ab 2012 bin ich in Dauerrente. Jetzt dachte ich, ich könnte mehr für Jehova machen, stattdessen wurde ich Körperlich noch kränker sowie Geistig schwach.

Auf der Suche nach Weisheit…
Ein Österreicher erzählt

Mit Jehovas Hilfe und Kraft werde ich diese Krankheit auch besiegen und wieder an Geistiger reife und Gesundheit zunehmen.

Als es mit meiner Krankheit (über diese Krankheit wollte ich mit niemanden sprechen, erst als ich mich meinem Haus Arzt anvertraute konnte ich darüber sprechen).
Diese Krankheit heißt:

„Depression".

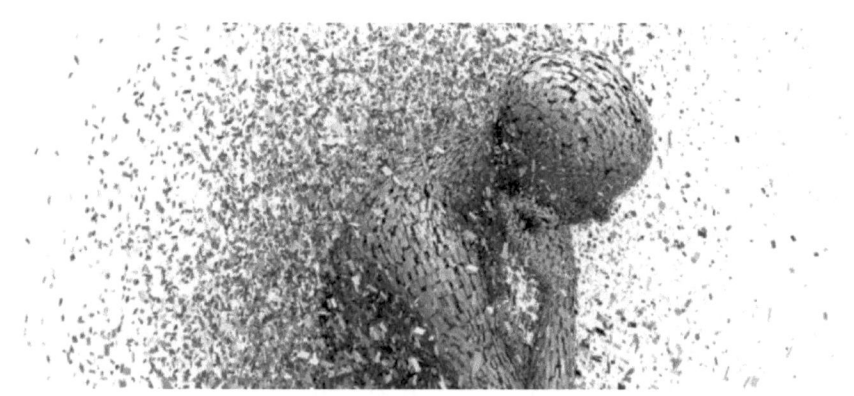

Auf der Suche nach Weisheit...
Ein Österreicher erzählt

Wie es sich herausstellte, fing das schon kurz nach meiner Hochzeit an. Durch meine anderen Krankheiten, Arbeitsunfall auf dem Schiff, diverse Operationen am Arm uvm. bekam ich Angstzustände. Wie kannst du deine Familie Ernähren oder wem kannst du als erstes etwas kaufen, Schuhe, Hosen, Kleider....

Meine Frau sollte davon nichts mitbekommen, wie ich mich fühlte oder wie es in meinem Inneren aussah, ich wollte das sie glücklich ist und versuchte Ihr so gut ich es konnte, alles was sie zum normalen Leben braucht zu erfühlen.

Es folgte eine Umschulung nach der anderen, dazwischen fand ich auch Arbeit, nach zu lesen im Lebenslauf am Anfang.

Auf der Suche nach Weisheit...
Ein Österreicher erzählt

Beschämend möchte ich noch erwähnen, dass es zwischenzeitlich wegen zunehmender Streitereien, die ich immer als normal empfand, sich alles zuspitzte und ich **dreimal versuchte** mich für immer aus dem Staub zu machen. Da ich mich zum Glück auf mein Bibelstudium entsinnt hatte, und ernsthaft zu Jehova betete, fühlte ich mich von Jehova gezogen und ich holte mir Hilfe von Brüdern und Spezialisten (Psychologen).

Seitdem mache ich alle drei Monate Psychologische Gesprächstherapien und zusätzlich beim Neurologen alle drei Monate Untersuchungen wegen der großen Nervenschmerzen meiner neurologischen Erkrankung, hervorgerufen durch meinen Diabetes.

Leider konnte ich nur selten in die Versammlung. Es wurde vom Treuen und verständlichen Sklaven Vorkehrungen eingebracht so dass wir Zuhause auch

Auf der Suche nach Weisheit…
Ein Österreicher erzählt

das ganze Programm über unser Haustelefon mit

verfolgen konnten. Bevor es weiter geht noch ein

„Kleiner Rückblick in die Jugend als Seemann"

Gehen wir noch mal etwas zurück zu einer Zeit als ich

noch zur See gefahren bin.

ANFERTIGUNG NACH MASS !!!

Auf der Suche nach Weisheit...
Ein Österreicher erzählt

Als ich am 04.Mai 1077 in Cuxhaven ankam, wurden ein Freund und ich gemeinsam erst einmal in die sogenannte Schulungshalle (Netzboden) im Fischereihafen gebracht.

Es wurde uns ein Bett zugeteilt und uns wurden gezeigt wie wir, Netze ausbessern und Netzte neu machen. In Taue die zum Festmachen der Schiffe

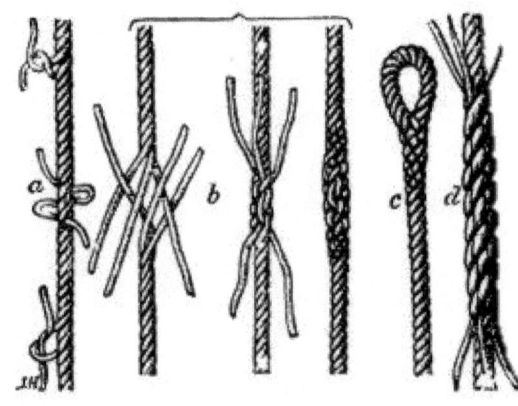

gebraucht werde, werden sogenannte Augen gemachen. Das Ganze nennt man Spleißen.

a) Langspleiß b) Kurzspleiß

c) Augspleiß   d) Linksspleiß

Auf der Suche nach Weisheit…
Ein Österreicher erzählt

Auge

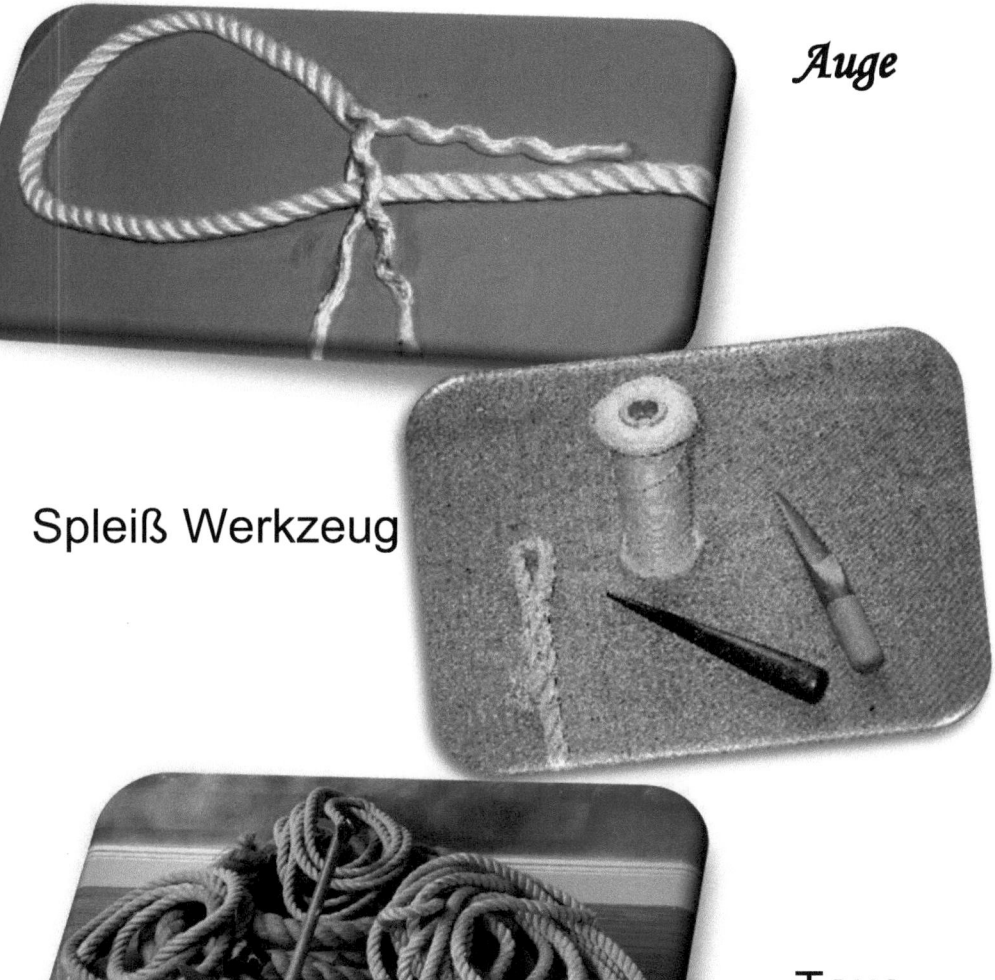

Spleiß Werkzeug

Taue

Auf der Suche nach Weisheit…
Ein Österreicher erzählt

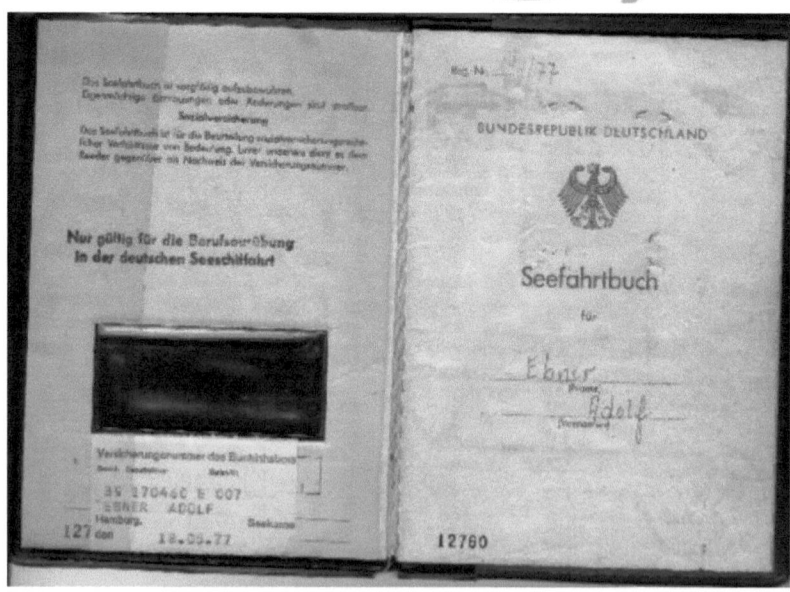

Auf der Suche nach Weisheit…
Ein Österreicher erzählt

Canada Visa
06.01.1984

Auf der Suche nach Weisheit…
Ein Österreicher erzählt

Mein erstes Schiff die FM/S Koblenz

Auf der Suche nach Weisheit...
Ein Österreicher erzählt

Danach das zweite Schiff die FM/S Hannover

Auf der Suche nach Weisheit...
Ein Österreicher erzählt

Am 09.11.1977 war es dann soweit, jetzt kam ich auf die FM/S München. Als Leichtmatrose fing ich an und ab 18.08.1978 wurde ich Matrose.

Auf der Suche nach Weisheit…
Ein Österreicher erzählt

Eine Sache werde ich nicht vergessen. Wir waren mal wieder in Cuxhaven eingelaufen um unsere Ladung zu löschen, (wie es in der Schifffahrt heißt) wir gingen danach in die Mannschafs Messe, um unseren Vorschuss zu holen wie es üblich war.

Da kam der Chef von der Nordseerederei Cuxhaven, er wurde von allen liebevoll „**Vater Hemmten genannt**" auf mich zu und sagte bevor ich dich jetzt ausbezahle geh bitte schnell ins Büro und ruf deine Mutter an. „Sie hat hier schon die ganze Woche angerufen".

Er sagte mir, sie habe im Fernseher gesehen, " das die München Untergegengen sei, deshalb versuchte sie zu erfahren wie es mir geht".

Auf der Suche nach Weisheit...
Ein Österreicher erzählt

Ich lief sofort ins Büro und Meldete mich bei meiner Mutter in Österreich. Sie war so froh, dass es nicht mein Schiff die „München" war, danach holte ich mir meine Auszahlung ab und fuhr mit dem nächsten Zug direkt nach Hause. Es braucht nicht zu erwähnt werden was es für eine Wiedersehensfreude war als ich zuhause ankam.

Mein nächstes Abenteuer begann mit der M.S.Düneck

In Cuxhaven wurde ich mit einem Schlepper auf die M.S. Düneck übergesetzt, da wir unterwegs Richtung Ostsee waren.

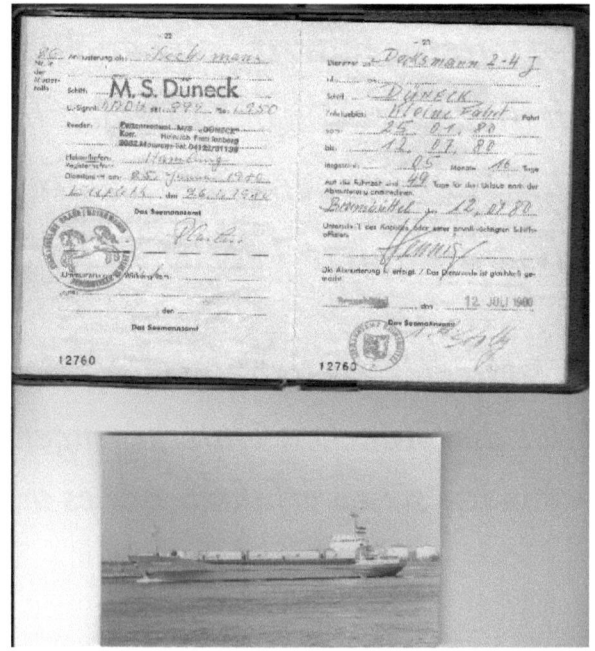

Auf der Suche nach Weisheit…

Ein Österreicher erzählt

„Schleuse Brunsbüttel"

Von Brunsbüttel ging es in die Schleuse vom Nord / Ostsee Kanal bis hinauf nach Kiel.

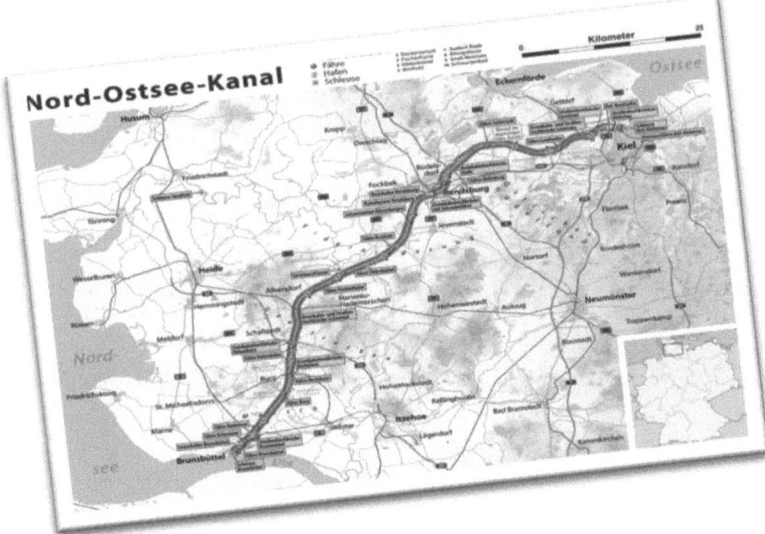

Schon am ersten Tag durfte ich das Schiff im Kanal Steuern.

Auf der Suche nach Weisheit...
Ein Österreicher erzählt

Allerdings viel mir schon beim zweiten Mal als wir wieder Unterwegs nach Kiel waren, dass es einige Kumpels gab die sich beim Steuern gerne abseilten. und lieber die Zeit nutzten um Achtern zu Grillen.

Da ich nicht so Bescheuert war wie mein Kollege vor mir, der so viel Knoblauch gegessen hatte, dass es schon roch als er die Brücke betrat.

Der Kollege hatte nicht mit Kapitän Henning

und den Lotsen gerechnet,

denn die zwei gingen außerhalb der Brücke in Stellung

und der Kollege musste sogar eine halbe Stunde länger

stehen.

Jetzt überlegte ich mir was kann ich machen damit

nicht immer ich am längsten im Kanal Steuern musste.

Auf der Suche nach Weisheit…
Ein Österreicher erzählt

Als ich dann wieder an der Reihe war wusste ich was ich machen konnte. Nach einer halben Stunde kamen wir zu einer links Biegung ich bekam den Befehl leicht Backbord.

Ich tat so als würde ich nichts hören und Steuerte geradeaus weiter. Nach dem dritten Mal Brüllten beide hart Backbord, der Lotse wollte gerade das Ruder an sich nehmen als ich schon nach Backbord abtrete. Natürlich musste ich mir jetzt einiges anhören, ich sagte nur Sorry aber ich habe nichts verstanden denn ihr wart außerhalb der Brücke. Außerdem habe ich die Biegung ja gesehen und dementsprechend reagiert.

Auf der Suche nach Weisheit…
Ein Österreicher erzählt

Meine Stunde war jetzt vorüber und ich ging nach

achtern zum Grillen. Drei Stunden später Hörten wir

unseren Kapitän Henning von der Brücke rufen

„der nächste Rudergänger auf die Brücke"!

Die Kollegen riefen! Adolf ist schon unterwegs!

Wie auf Kommando halt es zweistimmig

von der Brücke ….

" NEIN BLOS NICHT DER HAT DIE GANZE KANALFART FREI"

Natürlich kam jetzt ein lach Konzert von der ganzen

Mannschaft, den die wussten von meinem Streich….

Auf der Suche nach Weisheit...
Ein Österreicher erzählt

Jetzt Stand einer ruhigen Grill Party nichts mehr im Wege.

Leider musste ich

nach 5Monaten und 16 Tagen aus gesundheitlichen

Gründen abmustern (Magenbluten).

Was mir das erste Mal richtig schwer viel. Wir waren wie eine kleine Familie, die Frau vom Alten (wie der Kapitän auch genannt wird) und die zwei Töchter vom Chief (Maschinenmeister) waren auch oft mit uns unterwegs.

Auf der Suche nach Weisheit...
Ein Österreicher erzählt

Da die Reisen nie lange dauerten, fuhren sie öfter an Wochenenden mit.

Der Kontakt mit ihnen hielt auch ziemlich lange an.

Auf der Suche nach Weisheit…
Ein Österreicher erzählt

Jetzt begann ein neuer Abschnitt in der Seefahrtzeit am 10.09.1980 Heuerte ich auf der M/s. TAURIA an

Auf der Suche nach Weisheit…
Ein Österreicher erzählt

Die „M.S. Tauria" wurde 1980 unter Bau Nr. 392 bei der Rickmers Werft, Bremerhaven als erster Neubau des Typschiffes RW39 (kleine Containerfrachter) für die Reederei W. Harms KG, Jork gebaut.

Der Stapellauf fand am 29.05.1980 statt.

Die Ablieferung an die Reederei erfolgte am 12.09.1980.

Am 10.09.1980 als ich angemustert hatte wurde mir gesagt, dass wir die Ehre hätten, ein ganz neues Schiff am 12.09.1980 in Empfang zu nehmen.

Die Erste Reise mit einem Neuen Schiff und dann gleich Richtung Indien

Auf der Suche nach Weisheit…
Ein Österreicher erzählt

Damals konnte man sich auch die Post nachschicke lasen.

Auf der Suche nach Weisheit...
Ein Österreicher erzählt

Wie ihr sehen könnt gab es in jeden Hafen den wir

anliefen, eine Poststelle von der wir dann unsere Post

bekamen und auch abschicken konnten.

```
Nord-Jemen:     Hodeidah Shipping Co.
                P.O.Box 3537
                Hodeidah
                Nord Jemen

Saudi Arabien:  Saudi National Lines Co. Ltd.
                King Abdul Azis Street - Bab Mecca
                P.O.Box 4131 C.R. 11315
                Jeddah
                Saudi Arabien

Pakistan:       Gokal Shipping Trading Corp. Ltd.
                34 a / 5 Gokal Chambers
                Beach Hotel Road
                P.O.Box City 5792
                Karachi 2
                Pakistan

Indien:         Transworld Shipping Services
                India   Pvt. Ltd.
                97 Jolly Maker Chambers
                5th Floor
                Narimanpoint
                Bombay 400.021
                Indien
```

Auf der Suche nach Weisheit...

Ein Österreicher erzählt

Auf ins nächste Abenteuer wie es so schön im Norden

heißt „Hummel Hummel" „Mors Mors"

Die M/S Hummel

war das Älteste Schiff auf dem ich gefahren bin.
Sie hatte schon 40 Jahre unterm Kiel.

Auf diesem Küstenschiff wurde ich vom Kapitän
Schwarz gleich mit den Worten „Kannst du Kochen"

Auf der Suche nach Weisheit...
Ein Österreicher erzählt

begrüßt. Aus dem Augenwinkel sah ich eine Frau mit zwei Kochtöpfen in der Hand, worauf ich zwei und zwei zusammenzählte und sogleich war meine Antwort **NEIN.**

Wie aus der Pistole geschossen kam dann auch die Antwort vom Kapitän **„gut dann wirst du es gleich lernen",** meine Frau hat uns für drei Tage etwas vorgekocht.

Aufwärmen kannst du ja, und danach zeig ich dir wie man auf See Kocht. So konnte ich meine Kochkunst neu erlernen.

Auf der Suche nach Weisheit...
Ein Österreicher erzählt

Ein kleiner Einblick wie ich an Bord gekocht habe.

Ich in der

Kombüse,

Kapitän auf
Brücke

Vor mir ein schöner Schweinebraten ca. 3 kg, auf der

schwarten Seite habe ich mit einem scharfen Messer

erst längs dann quer eingeschnitten (Zuhause gelernt).

Pfanne und Topfe hergerichtet etwas Öl dazu die

Zwiebel kleingehakt im Topf leicht angeschmort.

Auf der Suche nach Weisheit…
Ein Österreicher erzählt

Nase kurz aus der Tür raus links Treppe hochgeschaut und gerufen, **„Kapitän was kommt jetzt"** ein lauter ruf erschallt Richtung Kombüse!

„Braten kurz anbraten, von allen vier Seiten dann in den Topf mit den zwiebeln Karotten dazu und andere Gewürze die da sind, ab in den Ofen und immer mit Wasser ablöschen."

Das ging dann immer Hin und Her bis das ganze Essen auf dem Tisch stand.

Jetzt Brüllte ich laut so dass es die anderen zwei Kollegen auch hörten **„ESSEN ist FERTIG"**

Auf der Suche nach Weisheit...
Ein Österreicher erzählt

Es folgten noch so einige Lustige Aktionen während der gesamten, drei Monate und 12 Tage.
Danach ging es wieder auf einem Container Schiff weiter, diesmal auf der MV „Contract Merchant"

Die Reise begann in Bremen über dem Atlantischen Ozean Richtung **New York** und vorbei am **Bermuda Dreieck**

weiter nach **Richmond Virginia** weiter zwischen **Miami** und den **Bahamas** in den **Golf von Mexiko** nach **Houston Texas**.

Diese Reise dauerte drei Monate und 1 Tag.

Auf der Suche nach Weisheit...
Ein Österreicher erzählt

Die Gleiche Reederei nur ein anderes Schiff! MV „Gaviota"

Diese Reise werde ich ganz bestimmt nicht vergessen!

Und schon gar nicht den Kapitän Helmut Beuter, Er war zwar ein guter Kapitän, leider war er wahrscheinlich eifersüchtig auf die Mannschaft.

Auf der Suche nach Weisheit...
Ein Österreicher erzählt

Wir bekamen die gleiche Rute wie vorher schon erwähnt mit der MV **Contrakt Merchant,** nur ging es erst nach Stephenville. In Stephenville freundete ich mich mit einem Mädchen an, Wir lernten uns beim Tanzen in einem sogenannten Country **Club** kennen.

Als wir dann von Houston Texas wieder mit dem Schiff Richtung **Potwood Newfoundland** fuhren, telefonierte ich nach **Stephenville Newfoundland** ca.398 Meilen von Potwood Newfoundland entfernt. Meine Freundin wollte mich in Potwood besuchen.

Als wir in Potwood Newfoundland einliefen, waren meine Freundin schon am Pier und einige andere Freundinnen von der Mannschaft, die schon länger als ich diese Rute fuhren.

Auf der Suche nach Weisheit…
Ein Österreicher erzählt

Irgendwer oder etwas passte unseren Kapitän nicht den er hatte einfach aus heiterem Himmel, **Frauen verbot auf dem Schiff** verhängt.

Einen Seemann nach wochenlanger Fahrt „Frauenverbot" auf dem Schiff erteilt, da kündigte sich **Meuterei** an.

Natürlich hat sich keiner darangehalten, da wir wussten, dass er das nicht so einfach kann, er musste erst Rücksprache mit der Reederei führen, da es keinen plausiblen Grund dafür gab.

Am nächsten Morgen wollte ich wie immer als Steward meinen Dienst antreten, da wurde ich vom Kapitän gesehen das meine Freundin mit mir meine Kammer verlies.

Beim Frühstück wollte er mich zusammenstauchen. Er sagte ziemlich laut **„habe ich nicht Frauenverbot erteilt".**

Auf der Suche nach Weisheit…
Ein Österreicher erzählt

Ich war Jung und ziemlich Sauer deshalb legte ich mich mit ihm an und wurde sogar noch lauter als er. Den Brot Korb, den ich gerade in der Hand hatte (voll mit Brot und frischen Brötchen) schmiss ich ihm einfach auf dem Tisch und schrie in an,

„Mit so einem Kameradenschwein fahr ich keine Sekunde mehr und das du es weist ich Kündige".

Wütend ging ich in meine Kammer und schrieb meine Kündigung.

Auf der Suche nach Weisheit...
Ein Österreicher erzählt

Danach begab ich mich wieder in die Offiziersmesse und Schmiss die Kündigung auf dem Tisch, wo sich inzwischen mehrere Offiziere eingefunden hatten. Als wen nichts gewesen wäre ging ich meiner Arbeit als Steward nach.

Später kam dann der Kapitän zu mir in die Kombüse, wo ich gerade mit dem Geschirrspüler zu Gange war. Er entschuldigte sich bei mir das er so ausgerastet ist und meinte hier die Kündigung, vergessen wir alles und was wir uns gegenseitig an den Kopf warfen. Ich sagte ok gab ihm die Hand und sagte aber meine Kündigung bleibt bestehen ich fahre nach Hause.

Auf der Suche nach Weisheit...
Ein Österreicher erzählt

Da ich jung war und unüberlegt hantelte kostete mich der Spaß   4000 DM.

2000 DM für meinen Flug

2000 DM für meinen Ersatzmann

Der Flug ging von Cander aus nach St. Johns dann nach Halifax über Toronto, da hatten wir 6 Stunden Aufenthalt und anschließend nonstop nach Frankfurt zum Schluss nach Bremen.

Auf der Suche nach Weisheit…
Ein Österreicher erzählt

Da ich nicht an Land bleiben wollte Heuerte ich kurz

danach auf der „MV Leeswig an"

Auf der Suche nach Weisheit...
Ein Österreicher erzählt

Jetzt ging es nach Rotterdam danach Richtung Aberdeen in Schottland. Da erlebte ich auch einen lustigen Abend. Wir gingen mit einigen Kollegen an Land in eine Tanzbar.

Als ich da so saß entdeckte ich eine sehr hübsche Frau zwei Tische weiter nahe der Tanzfläche. Ich dachte mir die schnapp ich mir jetzt bevor es ein anderer tut. Gedacht getan, Ran an den Tisch mit einem

freundlichen Lächeln und schlechten Englisch, machte ich Ihr deutlich, das ich mit Ihr Tanzen möchte.

Auf der Suche nach Weisheit…
Ein Österreicher erzählt

Sie lächelte mich an und in Ihren Augen kam ein funkeln das ich nie mehr vergessen werde. Einige Sekunden später wusste ich warum sie sich so sehr freute.

Als ich zu ihr um den Tisch kam machte ich große Augen! Sie fuhr mit einen **Spezial Rollstuhl** auf sie Tanzfläche. Jetzt bloß nichts anmerken lassen.

Ich ging auf sie zu nahm ihre schönen weichen Hände und wir treten uns im Takt der Musik. Sie trete den Rollstuhl gekonnt im Takt und ich mich um den Rollstuhl.

Es war ein sehr schöner Abend, wir unterhielten uns so gut es ging da sie auch ein bisschen Deutsch sprach.

Leider habe ich Ihre Adresse verloren.

Auf der Suche nach Weisheit…
Ein Österreicher erzählt

Meine Letzte Reise!

Das war meine kürzeste Reise dich ich in meiner Seefahrt Zeit hatte.

Die kürzeste Reise deshalb, da diese Reise mein

kommendes Leben Komplet umgestellt hat.

Auf der Suche nach Weisheit…
Ein Österreicher erzählt

Eigentlich sollte ich in die Karibik Fliegen um da in ein Container Schiff einzusteigen.

Auf der Heuerstelle in Bremen sagte man mir das es erst in sechs Wochen los geht, Aber ich wollte nicht so lange warten und ich machte den Vorschlag, bei der Reederei die ja auch Küstenmotorschiffe hatten das ich da anheuere und wenn es soweit ist jederzeit sofort in die Karibik fliegen kann.

Die Reederei willigte ein und ich fuhr dann mit der Rudolf Karstens von Göteborg aus in den Norden Schwedens durch einige Schleusen in einen großen See. In einen kleinen Hafen basierte es dann.

Auf der Suche nach Weisheit…
Ein Österreicher erzählt

Wir waren gerade dabei unsere Ladung zu Löschen es war schon zu 2/3 gelöscht, da ruft der 1 Steuermann zu mir rauf, hol den großen Besen und wenn der Wohnwagen und die Gitterboxen raus sind machen wir hier sauber und die Lucke zu.

Ich stand im Zwischen Deck gerade mit meiner Arbeit fertig, sagte ja mach ich und wollte gerade über das zwischen Deck laufen da auf der anderen Seite der Besen stand. Da ich vorher in der Sonne stand und mich umdrehe aber ins Dunkle lief, sah ich nicht das der 2 Kapitän (der Sohn vom Reeder) die letzte Lucke nicht zugemacht hatte, die eigentlich nach getaner Arbeit zu sein sollte. Deshalb lief ich los und stürzte dann mit dem zweiten Schritt ins Leere.

Auf der Suche nach Weisheit…
Ein Österreicher erzählt

Ich schrie so laut ich konnte da ich Angst hatte es hört mich keiner. Dann sah ich erst nur eine Reihe weiser Zähne und dann sprang der Kollege ein (Schwarzafrikaner) gekonnt aus vier Meter Höhe, zuerst ließ er sich runter hängen und sprang dann ca. noch 2 Meter runder.

Ich schrie mein Fuß mein Fuß, er aber sagte

„du Idiot sie dir erst einmal deine Hand an".

Da wurde mir erst richtig angst und bange.

Er half mir dann durch die kleine Luke auf der Leiter nach oben. Als wir an Deck waren suchten wir den Kapitän der gerade mit einem Taxi zurückkam. Die Kollegen riefen sofort runter, das Taxi soll warten.

Auf der Suche nach Weisheit...
Ein Österreicher erzählt

Darauf wurde ich sofort mit dem Taxi ins Krankenhaus gebracht, als wir dort ankamen mussten wir feststellen, dass die Eingangs Halle noch abgeschlossen war und das um 11:00 Uhr morgens.

Jetzt fingen die Schmerzen an, die ich vor lauter schock bis zu diesem Zeitpunkt nicht gespürt hatte. Es wurde sofort eine Ärztin angefordert und ich kam in einen Untersuchungsraum. Da ich jetzt große Schmerzen verspürte bekam ich sofort eine Schmerzstillente Spritze.

Ich dachte, so das war es nun, muss ich in Schweden im Krankenhaus bleiben und kann dann mit dem Flieger nach Deutschland fliegen.

Auf der Suche nach Weisheit…
Ein Österreicher erzählt

Pustekuchen, nach dem Röntgen wurde mir ein Gips angelegt, da ich mir drei Brüche zu gezogen hatte.

Der Sohn des Kapitäns holte mich danach mit dem Auto ab und ich musste noch Drei Tage mit dem Schiff bis zum Endziel mitfahren.

Danach wurde ich mit dem Auto vom Norden Schwedens bis nach Göteborg gefahren. Das war eine Fahrzeit von ca. 8 Stunden. Von Göteborg ging es dann mit der Fähre nach Kiel und dann wieder mit dem Zug nach Hamburg und Cuxhaven.

Allerdings noch eine lustige Begebenheit.

Mir wurde eine Kabine zugewiesen, erst bin ich noch durch verschiedene Decks geschlendert mit der Hoffnung, dass ich noch einen schönen Abend verbringen könnte.

Auf der Suche nach Weisheit…
Ein Österreicher erzählt

Leider Schmerzten mein Arm und ich war auch schon ziemlich müde von der langen Fahrt. Deshalb begab ich mich Richtung Koje und wie ich es gewohnt war zog ich mich bis auf die Unterbugs aus und ging schlafen. Morgen ca. 1 Stunde vorm einlaufen in Kiel ging mein Wecker an und ich stand auf wollte mich anziehen…. Aber ich konnte nicht, mein Arm schmerzte aber es half nichts ich musste zusehen, dass ich irgendwo Hilfe bekam.

Auf der Suche nach Weisheit…
Ein Österreicher erzählt

Ganz vorsichtig machte ich meine Kabinen Tür auf da ich von draußen schon emsige schritte vernahm, ich erblickte ein Älteres Ehepaar steckte meinen Kopf raus und sagte **„Entschuldigung ich hatte einen Unfall und gestern Abend** hatte ich mich ausgezogen aber vergessen das ich mich alleine nicht mehr anziehen kann. **Jetzt könnte ich Hilfe gebrauchen".** Die alte Dame Sagte sofort **„komm min Jung das haben wir gleich".** Während sie mir half mich anzukleiden sagte Ihr Mann, wie ich sehe ist der Koffer schon gebackt, den werde ich jetzt tragen bis wir beim Zoll vorbei sind.

Auf der Suche nach Weisheit…
Ein Österreicher erzählt

Sie begleiteten mich noch bis zum Ausgang und ich verabschiedete mich von den beiden.

Mein Fazit: wenn du einen Gips Arm hast, lass nie die Hosen runder, du weist nie wer vor der Türe Steht!

Auf der Suche nach Weisheit…
Ein Österreicher erzählt

Das sind die Visa die in Tallin (Estland) **damals noch zu Russland** *gehörig ins Seefahrtbuch eingetragen wurden*

Auf der Suche nach Weisheit…
Ein Österreicher erzählt

Auch hier gibt es wieder eine schöne Geschichte zu erzählen die ich in Tallin erlebt hatte.

Estonia: Tallinn, Hotel Viru, 1980

Auf der Suche nach Weisheit…
Ein Österreicher erzählt

Das erste Mal in Tallinn damals noch Russland, mein erster Landgang.

Nach einigen Anleitungen vom Kapitän ging ich mit einigen Kollegen an Land. Zuerst mussten wir unser Seefahrtsbuch an der Gangway den Wachsoltaten abgeben. Ich schaute mich um und sah einen Soldaten am Heck, einen am Vorschiff und einen auf einen der Kräne. Alle hatten ein Maschinengewähr im Anschlag und sie Liesen uns nicht aus den Augen.
Als wir so durch den Hafen gingen bemerkten wir noch andere in Anzüge gekleidete Männer die uns im Großen Abstand verfolgten.

Wir mussten am Ausgang durch ein Gebäude gehen, ich fühlte mich als würden wir beobachtet.

Auf der Suche nach Weisheit…
Ein Österreicher erzählt

Sofort begaben wir uns in das Seemannsheim, das sich in der Nähe des Hafens befand.

Schon beim Eintreten viel mir sofort ein alter Mann auf der in einer vollen Uniform mit seinen Ganzen Auszeichnungen an der Uniform Jacke. Da wussten wir das ist ein Aufpasser.

Dann blieb mein Blick an einem Mädchen hängen.

Auf der Suche nach Weisheit…
Ein Österreicher erzählt

Mein erster Gedanke,

„diese schönen Augen, diese schönen langen Haare, dieses sehr hübsche Gesicht, die muss ich sofort ansprechen".

Gesagt getan: sofort steuerte ich auf sie zu und sprach sie mit meinen sehr schlechten Englisch an. Ich staunte nicht schlecht als sie dann mit einen perfekten Deutsch zu mir sprach und sich als Aylin vorstellte.

Sie sagte, dass die Mädchen nur zur Unterhaltung im Seemannheim da sind, und von diesem alten Veteranen überwacht werden damit es nicht zu anderer Zärtlichkeit kommt.!!!???

Auf der Suche nach Weisheit…
Ein Österreicher erzählt

Wir freundeten uns an und hatten sehr schöne drei Tage in Tallinn. Leider durfte sie nicht mit ins Hotel Viru. Das ist ein Internationales Hotel mit einer Disco in der sich fast alle Seeleute zum Tanzen und natürlich in erster Linie um sich mit Wodka und anderen Getränke zu schütteten trafen.

Damit wir nicht schon um 00:00 Uhr am Schiff sein mussten bekamen wir eine Ausgangsverlängerung bis 02:00 Uhr.

Zwei Kollegen nahmen mich immer mit wenn wir ins Hotel gingen, wir begaben uns zuerst ins Restaurant um zu Essen bevor es in die Disco im Keller ging.

Auf der Suche nach Weisheit...
Ein Österreicher erzählt

Wir bestellten uns zusammen ein Fleisch Fondue, da war immer so viel darauf das wir mit drei Mann richtig zu kämpfen hatten alles weg zu bekommen, wir schaffen es immer wieder. Anzumerken ist das Essen kostete Damals nur 5.00 DM umgerechnet pro Person.

Meine Reisen nach Tallinn konnte ich 3-mal mitmachen.

Jedes Mal traf ich Aylin und wir hatten eine sehr schöne Zeit. Als der letzte Aufenthaltstag vor uns lag, wollte sie das wir uns bei ihr zuhause Treffen.

Wir verabredeten uns kurz nach Der Hafen ausfahrt auf der Hauptstraße die auch zum Hotel Viru führte.

Auf der Suche nach Weisheit…
Ein Österreicher erzählt

Damit wir nicht auffallen, hatten wir vereinbart, dass wir uns am Busbahnhof treffen und sie wollte mir mit Handzeichen zeigen welchen Bus ich nehmen sollte.

Es sollte so aussehen als wenn wir uns nicht kennen.

Also zog ich mir warum auch immer! einen schwarzen Anzug mit weiser Krawatte an und ging freudig los.

An der besagten Stelle angekommen befand sich diesmal auf der rechten Seite eine Baustelle und die wurde für Fußgänger überdacht und von der Seite auch zugemacht.

Jetzt fing das Warten an, ich ging auf und ab nach einer Stunde sah ich sie und sogleich erschrak ich!!!!! Sie war in Begleitung des Alten Veteran.

Auf der Suche nach Weisheit…
Ein Österreicher erzählt

Als sie mich erblickte gab sie mir unbemerkt Zeichen das ich weitergehen sollte, ich wusste Sch…e uns hat einer verraten.

Auf den Absatz kehrt ging ich jetzt Richtung Hotel mit dem getankten heute sauf ich mir einen Rausch an der sich gewaschen hat.

In den nächsten zwei Sekunden platzte auch diese Feststellung. Gerate den überdachten Gehweg erreicht sprangen mir zwei Polizisten von vorne und einer von hinten und sprachen mich auf Russisch an und ihr Ton lies mir das Herz in die Hose rutschen.

Auf der Suche nach Weisheit...
Ein Österreicher erzählt

Obwohl ich kein Wort verstand zog ich sofort meinen Landgangschein der mich auswies das ich bis 02:00 Uhr Landgang hatte.

Mit Hand und Fuß und schlechtem Englisch stellte ich mich dumm und sagte ich suche das Hotel Virus, da meine Kollegen auf mich warten.

Sie zeigten mir mit grimmigem Gesicht die Richtung.

Mit großen schnellen Schritten stapfte ich los und erblickte im Augenwinkel das ich von zwei Polizisten verfolgt wurde. Nach fünf Minuten am Hotel angekommen steuerte ich sofort auf den Eingang zu, der nächste Schock, sie Liesen mich nicht mehr hinein, da es schon 23:00 Uhr war.

Auf der Suche nach Weisheit…
Ein Österreicher erzählt

Mein ganzes bettelt und flehen nützte nichts, da ich wusste, dass ich beobachtet werde nahm ich allen Mut zusammen und steuerte auf die zwei Männer zu und erklärte ihnen, dass ich nicht mehr rein darf wegen der Urzeit. Nun ging ich mit zittrigen schritten wieder zurück mit den Gedanken das die zwei mich in Abstand begleiteten.

Genau an derselben Baustelle wurde ich wieder von den anderen Polizisten abgefangen und als sie auf mich einreden wollten kamen schon die anderen zwei und erklärten es ihnen.

Jetzt wurden meine Knie auch noch weich und mein Magen fing an sich umzudrehen,

Auf der Suche nach Weisheit...
Ein Österreicher erzählt

„nur jetzt nicht Kotzen schoss es in meinen Kopf"

Endlich im Hafen angelangt kurze Verschnaufpause,

„was ist das schon wieder"?

fragte ich mich als ich zwei

dunkle Gestalten sah die mich

jetzt im Hafengelände

verfolgten.

200, 150, 100, 50, Meter noch,

jetzt sah ich schon mein Schiff, sofort steuerte ich auf

den Wachsoldaten zu tauschte meinen Landgangs

Schein gegen mein Seefahrtbuch ein lief die Gangway

hoch in meine Kabine, Tür zu kein Licht machen im

Dunkeln ans Bullauge, da ich auf die Gangway

schauen konnte.

Auf der Suche nach Weisheit...
Ein Österreicher erzählt

Da sah ich die zwei in schwarz gekleideten Männer die sich mit den Wachsoltaten unterhielten und ihnen etwas zeigte, das konnte nur mein Landgangs Schein sein.

Bis zum Auslaufen blieb ich nun an Bord und übernahm freiwillig die Nachtwache. Ich hatte einfach nur die Hosen gestrichen voll.

Leider hatte ich die Adresse von Aylin verloren, ich konnte ihr noch drei Mal Schreiben und bekam auch zwei Mal Post von ihr, danach brach unser Kontakt leider ab.

Das war meine wahre Geschichte von Tallinn

Auf der Suche nach Weisheit…
Ein Österreicher erzählt

„Gehen wir kurz zur Anfangszeit in Cuxhaven zurück"

Mein Glück war es das ich gleich am zweiten Tag nach meiner Ankunft in Cuxhaven zu einer Familie kam, wo ich sehr gut in der Familie aufgenommen wurde. Die Tochter des Hauses Patrizia wurde mir in den Jahren wie eine Schwester.

Wir verstanden uns sehr gut.

Als ich eines Tages von einer langen Seereise zu Besuch kam, war Günther der Hausherr nicht zu Hause, seine Frau war wie eine Mutter zu mir und ich wurde zum Essen eingeladen. Mir wurde nicht bewusst, dass Tina währenddessen über Jehova sprach, da ich den Namen Gottes nicht kannte.

Auf der Suche nach Weisheit…
Ein Österreicher erzählt

Ich fragte mich wer ist das denn, nach zwei Stunden sagte ich, dass es Zeit ist auf mein Schiff zu kommen da wir sehr früh wieder Auslaufen.

Das ich nach Jahren ca.10 – 15 Jahre danach genau nach unserer Hochzeitsnacht, als wir zuhause waren und wir uns so unterhielten einfiel, da war doch was, ich glaube Tina hatte mir etwas über Jehova erzählt das ich aber nicht so in meinem Gedächtnis aufgenommen habe.

Kurzerhand nahm ich den Telefon Hörer aus seiner Gabel, **„damals noch mit wellscheiben und langen Kabel"** hab Tina angerufen und Sie gefragt **„kann es sein, dass du eine Zeugin Jehova bist"** Sie sagte Ja das bin ich.

Auf der Suche nach Weisheit...
Ein Österreicher erzählt

„Die Freude war riesen groß als sie erfuhr, dass ich jetzt auch ihr Bruder bin."

Wie Anfangs erwähnt war ich schon als Kind auf der Suche nach Gott. Nach diesem Gespräch, wusste ich das Jehova mich schon immer begleitet hat, schon in Houston Texas im Seemannsheim ging ich auf den deutschen Pastor zu und fragte ihn nach einer Bibel.

Auf der Suche nach Weisheit...
Ein Österreicher erzählt

Ich bekam so etwas wie eine Bibel und einen Rosenkranz.

Wie es sich heraus stellte war es nur das so genannte Neue Testament.

Ich versuchte von Anfang an zu lesen, es fing mit Matthäus an und wunderte mich das nichts von Moses oder den Psalmen zu finden war. Irgendwie kam ich aber nicht mit dem Lesen zu Recht so dass ich das Buch weglegte aber die suche nie aufgab.

Jehovas Zeugen in meiner Heimatstadt Knittelfeld Österreich

Knittelfelder Königreichssaal der Jehovas Zeugen.

Auf der Suche nach Weisheit…
Ein Österreicher erzählt

Seit 2009 sind die Jehovas Zeugen Österreich eine gesetzlich anerkannte Religionsgemeinschaft. (BGBl. Nr. 139/2009):

„Die Anerkennung der Anhänger von Jehovas Zeugen als Religionsgesellschaft unter der Bezeichnung „Jehovas Zeugen in Österreich" wird hiermit ausgesprochen."

Die Jehovas Zeugen sind eine christlich, chiliastisch (grich. chilia= tausend, die Erwartung eines tausendjährigen Reiches nach der Wiederkunft Christi betreffend) ausgerichtete und nicht trinitarische Religionsgemeinschaft.

Auf der Suche nach Weisheit...
Ein Österreicher erzählt

Sie leiten ihren Glauben von ihrem Verständnis der Bibel ab. Jehovas Zeugen beten zum „allmächtigen und ewigen Gott" Jehova und lehnen die Dreifaltigkeit ab.

Jehova ist der Name Gottes. Die ersten organisierten Zusammenkünfte fanden in Knittelfeld anfand der dreißiger Jahre statt. 1960 wurde der erste „Königreichssaal" in der Seckauer Straße, 1975 ein größerer Saal in einer ehemaligen Tischlerei in der Gaaler Straße bezogen. Schließlich wurde 1989 ein eigenes Gebäude in der Lendgasse errichtet.

Das ist ein Auszug aus der Stadtzeitung Knittelfeld.

Auf der Suche nach Weisheit…
Ein Österreicher erzählt

Soviel ich weiß hatte Meine Bruder Wolfgang 1989 am Saalbau mitgemacht hat.

So wie wir, Raimund, Wolfgang und ich am Saalbau in Koblenz Kesselheimerweg 84 mit Arbeiten durften. Wie schon erwähnt hatte ich da auch meine Frau Johanna kennen und lieben gelernt.

Jetzt möchte ich kurz eine wahre Geschichte erzählen als ich noch im „Hotel Steigenberger Berlin" Arbeitete.

Angefangen hatte alles am 1. April 1981als ich mit dem Zug nach Berlin kam. Schon an der Grenze wurde ich das erste Mal von DDR Grenzpolizisten argwöhnisch beäugt, da ich nicht nur aus der BRD, sondern auch aus Österreich kam und auch noch Adolf heiße.

Auf der Suche nach Weisheit…
Ein Österreicher erzählt

Außerdem hatte ich noch mein Seefahrtbuch dabei und ich wurde gleich an gemault, mit den Worten

„Was wollen sie hier in Berlin da gibt es keine Schiffe!“

Darauf gab ich die Antwort ich will ja nicht zur Seefahren, ich Arbeite im Neuen Hotel Steigenberger Berlin. Innerlich hatte ich zwar die Hosen voll da ich schon öfter mit Freunden mit dem Auto in Berlin war, und ich jedes Mal raus gewunken wurde. Ich dachte jetzt gehst du auf Konfrontation und lässt dir nichts anmerken. Was ein Wunder jetzt war der Beamte wie ausgewechselt und lies mich in Ruhe und ging zum nächsten Reisenden.

Auf der Suche nach Weisheit…
Ein Österreicher erzählt

Im Hotel angekommen meldete ich mich beim Personalbüro, wo ich schon erwartet wurde. Mir wurde gesagt, dass das Hotel erst in 4 Wochen eröffnet und wir noch viel Arbeit hätten. Gesagt getan mir wurde ein schönes Zimmer angewiesen und am nächsten Morgen um 09:00 Uhr ging es los. Erstmals wurden alle Tische und Stühle vom Verpackungsmaterial entfernt. Es wurde gesaugt, geschuppt, Gläser und Geschirr ausgebackt gespült und eingeräumt. Getränke aufgefüllt einsortiert usw.

Jetzt war der große Tag da, die Eröffnung des Hotels.

Es waren Gäste aus der Politik, Film und Fernsehen, die ganze Familie Steigenberger kurz gesagt alles was Rang und Namen hatte waren anwesend.

Auf der Suche nach Weisheit...
Ein Österreicher erzählt

Am schönsten fand ich immer wenn es in Berlin große Events gab, da hatten wir immer viel zu tun.

Wir hatten im Restaurant die Anweisung bekommen abends nur Abendgarderobe und Krawatten Pflicht.

Eines Abends war es dann soweit.

Hoffmann & Hoffmann waren im Hotel Gäste und wollten im Restaurant Essen. Ich war alleine und Begrüßte die Gäste, zwei Gestalten in Jeanshosen und dann noch ohne Krawatten.

Als ich sie ansprach sie mögen doch bitte Krawatten holen, da es abends Pflicht sei, hatte ich sie erkannt aber jetzt musste ich durchgreifen auch wenn es sogenannte Promis VIP sind.

Auf der Suche nach Weisheit...
Ein Österreicher erzählt

Zu meinem Erstaunen wollten sie sofort auf ihre Zimmer und die Krawatten holen, als gerade mein Restaurant Meister Mr. Rosso kam und ihnen zwei Krawatten entgegenhält.

Noch eine schöne Erinnerung die ich nicht missen möchte. Eines Abends setzten sich 2 sehr hübsche Damen an einen Tisch der mir zugeteilt war.

Auf der Suche nach Weisheit...
Ein Österreicher erzählt

Als ich sah wer sich da gerade hinsetzte wurde mir warm ums Herz es war keine geringere als Romy Schneider. Ich gab mein bestes, leider kurz nach dem Nachtisch sah ich das Romys Augen unterhalb schwarz wurde, da die Schminke verlief.

Die Managerin von Romy zahlte und verließ das Restaurant so unauffällig es ging, ich bot meine Hilfe an und begleitete sie als sogenannten Schutzschild damit es niemanden auffiel. Wir schaffen es dann das sie auf ihr Zimmer kam. Am nächsten Abend ich war gerade allein im Restaurant, da wenig Loss war, bekam ich einen Anruf aus der Suite 365.

Auf der Suche nach Weisheit…
Ein Österreicher erzählt

Ich begrüßte Frau Schneider mit einem

„Guten Abend Frau Schneider was kann ich für sie tun"

sie antwortete ich möchte gerne etwas aus der Restaurant Küche aufs Zimmer bestellen. Darauf sagte ich, entschuldigen sie bitte! Sie müssen die Nummer 1 am Telefon wählen das ist der Zimmerservice der wird ihre Bestellung gerne für sie aufnehmen.

Sie antwortete mir etwas energisch **„nein ich möchte von ihnen bedient werden",** worauf ich antwortete es tut mir wirklich leid aber ich bin hier ganz alleine und kann das Restaurant nicht verlassen, wählen sie bitte die 1 der Kollege wird sich dann um sie kümmern.

Auf der Suche nach Weisheit…
Ein Österreicher erzählt

Sie legte den Hörer auf keine 3 Minuten später klingelte es wieder natürlich wieder Suite 365.

Wieder begrüßte ich sie freundlich, und sagte ihr bestimmend, bitte wenden sie sich an den Zimmerservice.

Das ging einige Minuten so weiter und ich wurde schon ziemlich sauer und sagte mit Bestimmtheit, ich werde mich darum kümmern allerdings müsste ich noch Rücksprache mit unseren Maître Herrn Rosso machen. Darauf erwiderte sie Herr Rosso weiß schon Bescheid, er hat auch schon die Bestellung der Küche mitgeteilt. Kurze Zeit später erschien Herr Rosso unser Maître und sagte in der Küche ist schon alles fertig bring es bitte auf die Suite 365.

Auf der Suche nach Weisheit…
Ein Österreicher erzählt

An der Suite 365 angekommen Klopfte ich und jetzt wurde ich mit einem Anblick belohnt den ich nicht mehr vergessen werde.

Romy machte die Doppeltür auf und stand mir mit einem Türkisfarbenen Hausmantel wie ich sie schon im Film als Sissy gesehen habe, leibhaftig vor mir.

Dieser Anblick diese Schönheit, ich war einfach Überwältigt.

Leider hörte ich drei Monate danach das Romy Schneider gestorben sei. Ich war darüber sehr Traurig.

Auf der Suche nach Weisheit…
Ein Österreicher erzählt

Es gab auch eine sehr schöne Erinnerung an
Lena Valaitis.

Abends nach der Ausstellung führte ich sie und ihre
Gäste ins sogenannte Séparée
Sie bestellten ihre Menüs, es wurde ein sehr schöner
Abend. Als ich die Rechnung bringen sollte, fasten ich
Mut und fragte ob ich ein Autogramm haben dürfte.
Ich bekam nicht nur das Autogramm, sondern ich
durfte ihr auch einen Kuss auf die Wangen geben.

Auf der Suche nach Weisheit...
Ein Österreicher erzählt

Bad Orb 2016

Jung 20.12.1986

**Österreich
MittelJung**

Auf der Suche nach Weisheit…
Ein Österreicher erzählt

Lahnstein 2015

Als ich so dasaß, viel mir eine Begebenheit ein als mein Therapeut und bester Freund Henning Kienast vor Jahren zu mir und Manfred Schneider sagte: Hab ihr Lust für ein Wochenende mit nach Holland zu fahren und mir beim Streichen der Ferien Wohnung zu helfen? Uns gefiel das Angebot und willigten ein mit zu kommen.

Auf der Suche nach Weisheit…
Ein Österreicher erzählt

Wir hatten bei der Arbeit viel Spaß, besonders als Henning sagte er versucht einige Flaschen Bier zu besorgen. Manfred und ich hatten unsere Arbeit schon fertig aber Henning war immer noch nicht wieder da. Wir machten uns langsam sorgen wo er wohl um diese Zeit war, schließlich war es schon fast Mitternacht. Da wir mit dem Auto vom Henning unterwegs waren konnten wir nicht weg und sagten uns „der ist wohl nach Deutschland gefahren um das Bier zu holen". Endlich war es dann soweit wir Hörten das Auto und Henning tauchte im Dunkeln auf und erzählte uns, dass er bis Belgien gefahren ist um Bier zu holen. Auf dem Rückweg ist er in eine Verkehrskontrolle geraden wo er dann so lange aufgehalten wurde.

Auf der Suche nach Weisheit...
Ein Österreicher erzählt

Er erzählte uns, dass er keine Original Papiere mithatte, sondern nur Kopien.

Ob er mit Bier kam das kann ich leider nicht mehr sagen, ich weiß nur, dass wir dann schlafen gingen und morgens der Duft von Dosensuppen in der Luft lag. Nach diesen Kräftigen Frühstück machten wir uns wieder an unsere Arbeit. Nach 2 Tagen waren wir fertig, jetzt fing unser kurzer Urlaub an.

Am Abend gingen wir in ein Restaurant und ich bestellte mir einen Toast Hawaii, ich freute mich schon sehr darauf. Als mein

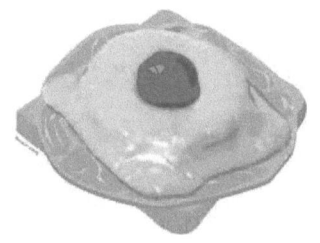

Essen kam staunte ich nicht schlecht als ich meinen Toast Hawaii so ansah.

Auf der Suche nach Weisheit...
Ein Österreicher erzählt

Henning sagte was suchst du denn? Ich suche die

Ananas! Ich rief den Kellner und sagte ich hatte einen

Toast Hawaii bestellt, worauf er sagte das ist einer.

Dann deutete ich auf meinen Toast und sagte wo bitte

ist die Ananas? Er deutete auf meinen Toast und sagte

da ist die Ananas unter dem Toast! Als ich die erste

scheibe Toast abnahm

sah ich sie, in ihrer

ganzen bracht.... „so

dünn geschnitten wie

ein Platt Papier". Aus einer Normalen Scheibe

Ananas wurden wahrscheinlich 5 Scheiben daraus.

Was lernen wir daraus!

...Bestelle nie einen Toast Hawaii in Holland...

Auf der Suche nach Weisheit...
Ein Österreicher erzählt

An einem anderen Tag gingen wir wieder Essen und diesmal hatten wir jeder etwas bestellt. Was wir aber nicht mit bekamen hatte Henning für uns mitbestellt. Als dann das Essen kam wurde der Tisch auf einmal zu klein für unsere Bestellung.

Vor mir stapelte sich ein Teller nach dem anderen,

worauf ich dann sofort sagte „*...das habe ich nicht Bestellt...*"

„*...nein, nein das habe ich nicht Bestellt...*"

Auf der Suche nach Weisheit...
Ein Österreicher erzählt

Mein Gesicht hätte ich gerne gesehen, da Henning und
Manfred sofort zu Lachen angefangen hatten und sich
nicht mehr einkriegten vor Lachen.

Wir hatten anschließend noch sehr viel Spaß und auch
einen guten Alohol Begel so gingen wir dann in unsere
frisch renovierte Unterkunft. Als wir kurz vor der
Wohnung waren nahmen die beiden mich zusammen
auf den Armen und trugen mich das letzte Stück in die
Wohnung, zum Glück hatte uns niemand gesehen.
... Hoffentlich...

Auf der Suche nach Weisheit…
Ein Österreicher erzählt

Es waren sehr schöne 4 Tage die ich nicht

mehr missen möchte.

„Danke Henning"

Auf der Suche nach Weisheit…
Ein Österreicher erzählt

Mir fehlt gerade noch ein als ich eine kurze Reise als Decksmann mit der M/V Leeswig machte. Wir hatten einen ersten Steuermann an Bord der hatte etwas gegen unseren Koch, bei jeder Gelegenheit die es ergab legte er sich mit ihm an. Eines Tages der Kapitän musste in Algier (Algerien) an Land gehen und der erste Steuermann meinte er könne sich jetzt austoben und den Koch mal soeben kurz aufmischen. Als er in der Kombüse runder ging saß der Koch grade in der Messe (Speiseraum) und unterhielt sich mit mir, ohne Vorwarnung gab er den Koch beim vorbei gehen einen Schlag mit der Hand mitten ins Gesicht und der Koch fiel beinahe vom Stuhl.

Auf der Suche nach Weisheit...
Ein Österreicher erzählt

Der Koch hatte sich sehr schnell unter Kontrolle und fragte was das soll?

Die Antwort war nur ein kurzes lachen und er sagte **„einfach so du gehst mir auf den Sack".** An diesen Tag versuchte es der Steuermann mindestens noch zweimal, nur der Koch war jetzt vorgewarnt. Beim dritten Mal kam es wie es kommen musste, die Provokation des Steuermanns hatte Erfolg. Der Steuermann kam wieder mal von hinten an den Koch ran, aber der koch trete sich blitz schnell um und schlug diesmal sofort auf den Steuermann ein und schon war eine Schlägerei in Gange, was leider nicht aufzuhalten war, da der Steuermann es darauf angelegt hatte um den Koch von Bord zu bekommen.

Auf der Suche nach Weisheit...
Ein Österreicher erzählt

Ein ziemlich mieser Trick, der beinahe aufgegangen wäre, wenn ich mich nicht dazwischen getränkt hätte. Ich sprang den Steuermann an als er auf den Koch wieder einschlagen wollte und nahm in von hinten in den Schwitzkasten, und hielt meinen Kopf so auf die Seite und schrie voller Zorn zum Koch hau in eine in seine Dreckige Fresse, damit er endlich aufhört und weis das er verloren hat.

Der Koch stand jetzt über Ihn, da ich mit ihm im am Boden lag und ziemlich fest zudrückte und Angst hatte das er

sich losreisen könnte und vielleicht mir eine reinhaut.

Auf der Suche nach Weisheit...
Ein Österreicher erzählt

Aber der Koch sagte ganz ruhig las ihn los und zum Steuermann gewannt, sagte er mit ruhiger Stimme „wenn du jetzt nicht aufhörst wirst du mich richtig kennenlernen und wenn du dich hier unten noch einmal blickenlässt, werde ich eine Anzeige aufgeben und dich bei der Rederei melden.

Darauf ließ ich ihn los und sagte noch ziemlich aufgebracht, ich werde das mit Sicherheit der Rederei melden und wir werden keinen Handschlag mehr machen bis du vom Bord bist. Er sagte das ist „Arbeitsverweigerung" das wird eure Kündigung sein.
Gerade als ich etwas sagen wollte kam auch schon der Kapitän die Treppe runter und fragte was ist hier los.

Auf der Suche nach Weisheit…
Ein Österreicher erzählt

Da er sah das wir alle in der Messe waren und der Steuermann ein zerrissenes Hemd hatte.

Er sprach sofort den Steuermann an und sagte, hast du dich schon wieder mit dem Koch angelegt.

Wir sagten alle gleichzeitig Ja und diesmal, gab es sogar eine Schlägerei. Wir erzählten ihm alles und sagten, dass wir nicht mehr Arbeiten bis der Steuermann von Bord geht.

Der Kapitän machte uns einen Vorschlag, er sagte, dass der Steuermann bis zum nächsten Hafen suspendiert wird und er wird sich mit der Rederei in Verbindung setzen um sich zu beraten wie es weitergehen soll.

Wir gingen daraufhin alle an die Arbeit, die sogar noch besser ohne Steuermann voranging.

Auf der Suche nach Weisheit...
Ein Österreicher erzählt

Beim Abendessen informierte uns der Kapitän das in Spanien der Steuermann von Bord gehen soll. Da es leider auch wieder mit meinen Magen leiden losging und ich wieder einmal Blut erbrochen hatte, sagte ich das ich kündigen muss da ich mich wieder ins Krankenhaus in Cuxhaven begeben muss. Wie es sich herausstellte hatte ich mal wieder ein großes Magengeschwür.

Was ich zu diesem Zeitpunkt nicht wusste das meine Zeit als Seemann bald zu Ende sein wird. Wie ich schon berichtete sollte ich in der Karibik auf ein großes Container Schiff anheuern und musste ca. sechs Wochen warten.
Leider kam alles anders als man Denkt.

Siehe Seite 81 „Meine kürzeste und letzte Reise"

Auf der Suche nach Weisheit…
Ein Österreicher erzählt

An diesen Tag am 16.05.1984 war es als würde mir jemand das Herz raus reisen, denn ab diesen Tag war es mit der Seefahrt endgültig vorbei. Erst musste ich einige Operationen an der Hand über mich ergehen lassen, dann wusste ich nicht wie es weitergehen soll. Als ich im Arbeitsamt auf eine Umschulung zum Restaurantfachmann aufmerksam wurde.

Kurzerhand erkundigte ich mich bei meiner zuständigen Sachbearbeiterin. Sie fand, dass es eine gute Wahl ist und sie fügte hinzu, wenn sie sechs Jahre als Kellner in dem Beruf zusammenbringen können sie diese Schulung mit einem IHK-Abschluss beenden. Ich forschte in meinen Unterlagen nach und kam mit meiner

Auf der Suche nach Weisheit...
Ein Österreicher erzählt

eineinhalb Jahren Ausbildung als Kellner und als Kellner in Berlin und Cuxhaven sowie als Steward zur Seefahrt insgesamt auf über sechs Jahren.

Die Bewilligung kam sehr schnell und ich schloss die Ausbildung als Restaurantfachmann bei der IHK-Villingen-Schwenningen Kreis Schwarzwald-Baar- Heuberge mit Erfolg ab.

Habe ich euch schon erzählt, dass ich in Villingen-Schwenningen zwei Jahre gelebt hatte und auch Verlobt war. Meine Verlobte Annette Hatte ich in einem Café kennengelernt Sie war damals erst siebzehn Jahre Jung.

Ihr Vater war Wolfgang Betzold „Städtischer Musik Direktor", der Stadtmusik in St. Georgen (Villingen-Schwenningen) und ihre Mutter Helga arbeitete im Arbeitsamt Villingen.

Auf der Suche nach Weisheit...
Ein Österreicher erzählt

Durch Annette hatte ich auch meinen Führerschein gemacht da ich damals mit dem Bus und abends nach meiner Arbeit mit dem Taxi fahren musste, und dafür musste ich mit dem Taxi immer 25 DM bezahlen. Da sagte ich mir da kannst du besser deinen Führerschein machen.

Gesagt getan, am 24.04.1985 bestand ich meine Führerschein Prüfung. .

Auf der Suche nach Weisheit…
Ein Österreicher erzählt

Am 15.01.1986 kam ich dann nach Koblenz
Darüber habe ich euch schon einiges erzählt.
Wie ihr gelesen habt war mein erstes Schiff die FM/S
Koblenz. Damals wusste ich noch nicht einmal wo
Koblenz überhaupt lag.
Als wir zu Weihnachten 1977 von der Koblenzer
Brauerei ein 50 l Fass Bier an
Bord bekamen, fragte ich wo
liegt denn eigentlich Koblenz.
Wie ihr ja wisst bin ich aus
Österreich genauer gesagt aus
Knittelfeld in der schönen
Steiermark. Deshalb kannte
ich mich in Deutschland noch
nicht so genau aus.
Mir wurde dann gesagt
„Koblenz liegt zwischen
Köln, Bonn und Frankfurt".

Einige Jahre Später genau am 15.01.1986 wusste ich
dann wo Koblenz genau lag. Nämlich genau an der
Mündung zweier großen Flüsse, am Deutschen Eck
wo sich die Mosel und der Rhein treffen.

Auf der Suche nach Weisheit…
Ein Österreicher erzählt

Jetzt noch etwas zum Schmunzeln. Wie ihr bereits erfahren habt war ich Seemann, und da hat man so einiges erlebt. Mir ist es nicht aufgefallen das ich meine erste Reise auf meinem ersten Schiff, das noch dazu den Namen „Koblenz" hatte meine Reise als Seemann angetreten habe. Damals dachte ich noch nicht wo ich eigentlich einmal im Hafen der Ehe landen werde.

Vielleicht könnt Ihr Euch bildlich vorstellen wie meine Frau Johanna und ich gelacht haben, als ich ihr von meiner Reise mit der FM/S Koblenz erzählt hatte und wir dann festgestellt hatten das ich im Hafen der Ehe ausgerechnet in der schönen Stadt Koblenz bei meiner geliebten Ehefrau Johanna gelandet bin.

Ich möchte noch hinzufügen das wir bereits 34 Jahre glücklich Verheiratet sind und mich bei meiner Frau Johanna dafür bedanken, da sie es nicht immer leicht mit mir hatte.

Danke liebe Johanna

Dafür möchten wir den Stifter der Ehe unseren Schöpfer Jehova ganz Herzlich danken. Matthäus Kapitel 19 die Verse 4 - 6

Auf der Suche nach Weisheit…
Ein Österreicher erzählt

Dieses Buch widme ich meinen
Vater der leider viel zu früh von
uns gegangen ist und meiner
Mutter die schon 88Jahre
geworden ist.
Sie hatte uns 8 Kinder alle gut
erzogen
und sie ist die beste
Mama der Welt.

Danke, Mama, Oma, Uroma
Ida Ebner

Auf der Suche nach Weisheit…
Ein Österreicher erzählt

Das war es bis hierhin, vielleicht schreibe ich noch ein Buch

Euer Adolf

Auf der Suche nach Weisheit…
Ein Österreicher erzählt

Herstellung und Verlag: BoD – Books on Demand,
Norderstedt
ISBN 9783753408187